AF285582

Eine wahre Geschichte,
ein Traum
oder
ein Albtraum?

Eine Geschichte über Dackel und Freundschaften ...

Und die Möglichkeit, sich und anderen das Leben schwer zu machen

Herstellung und Verlag:
Book on Demand GmbH, Norderstedt

ISBN 9783839152584

So kommt man zu einem Dackel

Sollten Sie je in die Versuchung kommen, mit einer Freundin oder einem Freund ein Geschäft aufzubauen, lassen Sie die Finger davon!
Es kann nicht gut gehen, vor allem wenn zwei Welten aufeinander prallen.
Geschäfte sollte man nur alleine machen, selbst schriftliche Absprachen helfen da wahrscheinlich nicht viel.
So ging die Freundschaft mit meiner langjährigen Freundin Marie Rauch in die Brüche und das alles nur wegen ein paar Knochen!

Aber lassen Sie mich von Anfang an erzählen. Schuld war eigentlich der Dackel Cindy.

Cindy kam durch einen Zufall vor ein paar Jahren zu mir, Antonia, und meinem Mann Fritz Schall.
In einem Einkaufsmarkt sah ich einen Aushang, auf dem jemand rote

Langhaardackel anbot. Zu der Zeit wusste ich nicht mal, wie ein roter Langhaardackel aussieht. Da ich noch etwas Zeit hatte, rief ich die angegebene Nummer an und machte gleich einen Termin für die Besichtigung aus. Eine halbe Stunde später stand ich vor dem Haus, in der Küche wuselten 5 oder 6 Minidackel nebst Mutter vor sich hin. Die Entscheidung fiel nicht leicht, aber nach einer knappen Stunde hatte ich mich für eine der Hündinnen entschieden und nahm sie auch gleich mit. So hielt „Cindy" ihren Einzug bei den Schall´s, dass sie keine Papiere hatte störte mich zu diesem Zeitpunkt recht wenig. Reinrassig war sie, dass sah man ja ganz eindeutig.

So kamen wir also auf den „Hund"! Cindy war ca. 4 Jahre alt, da kam ich auf die Idee, Baby´s von ihr wären eigentlich ganz schön, also machte ich mich auf die Suche nach einem passenden Mann für sie. Die gelben Seiten mussten dran glauben und ich rief jede Nummer im Verzeichnis Tiere an auf der Suche nach einem Dackelmann.

Bei irgendeiner Nummer erhielt ich dann die Auskunft, dass in M. eine Züchterin für Dackel wäre, die sollte ich doch mal anrufen. Also schnellstens dort angerufen und gefragt, ob sie einen Dackelmann für meine Cindy hätte.

Ich hatte Glück und Frau Rauch war auch zu Hause, sie meldetet sich: „Rauch" und ich antwortete: „Schall". Das erste Gelächter war vorprogrammiert. Dann erklärte ich Ihr worum es ging und was ich wollte. Die Sache war etwas problematisch, aber sie kannte jemanden, der seinen Dackelrüden mit Sicherheit zur Verfügung stellen würde. Sie selbst könne keinen ihrer Rüden zur Verfügung stellen, da sie als Züchterin keine Hunde ohne Papier decken (ihr Rüde natürlich) dürfe. Das verstand ich

natürlich, ich wollte ja nicht, dass sie Schwierigkeiten bekommt. Ich erhielt also die Telefonnummer von jemandem in der Nähe, der seine Hunde nur für private Zwecke hält und machte dort einen Termin mit der Frau aus.
Da wir beide so was noch nicht gemacht hatten, ergaben sich hier schon die ersten Probleme. Aber nach einem kurzen Anruf bei Frau Rauch, konnten wir einen Termin ausmachen und trafen uns dann vor Ort um die beiden Dackels „glücklich" zu machen.

Die ganze Sache ging dann recht zügig und nach 9 Wochen hatte ich 2 entzückende Dackelwelpen, leider überlebte einer nicht. Der andere, wir nannten ihn Felix, wurde allerdings ein Prachtbursche. Da er allerdings auch keine Papiere hatte, konnte ich auch mit ihm nicht auf eine Ausstellung gehen. Die ganze Sache war eigentlich idiotisch gewesen, aber hinterher ist man immer schlauer. Felix wurde mit 10 Wochen dann an eine Familie mit

Kindern abgegeben, wo er heute noch glücklich und zufrieden lebt.

Jetzt hatte ich immer noch keinen Hund mit dem ich eventuell mal auf eine Ausstellung gehen oder gar Welpen ziehen konnte.
Fritz meinte, dann kaufen wir lieber einen Hund mit Papier, diese Welpenmacherei ohne Papier ist doch nichts! Aber erst fahren wir mal in Urlaub!

Aus diesem Grund mussten wir den Dackel Cindy in Urlaubspflege geben (meine Schwiegermutter steht nicht so auf Hund im Urlaub) und brachten Sie bei den Eltern eines Arbeitskollegen von Fritz unter. Die waren ganz verrückt nach unserer Cindy und als der Urlaub zu Ende war, flossen reichlich Tränen. Es war ein Drama, als Helen den Hund wieder abgeben sollte. Es folgten grössere Diskussionen mit Karl-Heinz, ihrem Mann, über die Anschaffung eines eigenen Dackels.

Jan, der Arbeitskollege von Fritz und Sohn von Helen und Karl-Heinz, kam dann auf die glorreiche Idee, seiner Mutter zum Geburtstag einen Dackel zu schenken. Er meinte, ich hätte doch diese Frau Rauch die Dackel züchtet, die sollte ich mal anrufen und fragen, ob sie nicht einen Dackel für seine Mutter hätte.

Gesagt, getan, ich rief Frau Rauch wieder einmal an. Zufällig hatte sie einen Rüden und eine Hündin da, die sie für eine andere Züchterin großgezogen hatte (die musste ins Krankenhaus) und als „Bezahlung" behalten hatte. Sie bot uns an, die Hunde noch am selben Abend bei ihr anzuschauen. Also, nichts wie hin und die Hunde anschauen. Welcher Teufel mich ritt, gleich Geld einzustecken, weis ich heute auch nicht mehr. Aber Fakt ist, dass wir uns die Hunde anschauten, einen Rüden und eine Hündin, und wie sollte es anders sein, mich in die Hündin verliebte.

Der Rüde wurde für Helen reserviert und wir vereinbarten, die Übergabe auf einer Zuchtschau, die bald stattfinden würde, zu vollziehen.

So hielt also meine erste Zuchthündin ihren Einzug bei uns. Ein roter Langhaar-Standard.

Auch die Übergabe mit ihrem Bruder auf der Zuchtschau klappte ausgezeichnet. Beide Hunde wurden an diesem Tag vorgestellt und Helen war hin und weg von ihrem neuen Mitbewohner.

Da wir in einem Industriegebiet wohnten war das mit den Hunden überhaupt kein Problem. Cindy freundete sich schnell mit Ihrer neuen Mitbewohnerin an, jetzt war sie nicht mehr so alleine und auch mit unserer Katze „Mäuse" gab es keine Probleme. Selbst Fritz´ Schäferhündin Anka kam mit den beiden Dackels zurecht.

Natürlich wollte ich jetzt mit Aischa auch weiter auf Ausstellungen gehen. Frau Rauch hatte mir ja angeboten, Termine die in der Nähe sind, zu nennen. So rief ich Sie also wieder einmal an und wir machten für die nächste Ausstellung einen Termin aus, an dem wir uns treffen wollten. So begann also die Ausstellungsfahrerei für mich und ein loser aber regelmässiger Kontakt entstand zu Frau Rauch.

Damit nimmt das Drama dann auch seinen Anfang.

Wie läuft man auf einer Ausstellung?

Ja, dass mit den Ausstellungen war so eine Sache. Ich hatte ja von Nichts eine Ahnung, aber Dank Frau Rauch war das ja kein Problem. In der nächsten Zeit telefonierten wir häufig, um immer wieder Termine für Ausstellungen abzusprechen. Von Ihr erhielt ich die ersten Formulare zum Ausfüllen für

eine Spezial-Zuchtschau oder CACIB.
Dann stimmten wir uns ab, wann man
los müsse und was man alles mitnimmt.
Die Fahrten waren meist recht lustig
und wir unterhielten uns viel, nicht nur
über die Hunde sondern auch über
private Dinge. Wie das halt so ist, wenn
2 Frauen alleine unterwegs sind.
Durch sie lernte ich natürlich auch auf
den Ausstellungen viele andere
Dackelzüchter oder Nur-Hundebesitzer
kennen. Über den eigenen Sieg freut
man sich natürlich am meisten, aber
auch wenn jemand aus der „eigenen"
Mannschaft gewonnen hatte.

Ich wurde also auf den Ausstellungen
immer wieder gedrillt, schau auf den
Hund, schneller laufen, mehr den Hund
strecken, Leckerchen vor die Nase
usw. Es war ein richtiges
Lernprogramm, jeder wusste was
anderes. Und wenn ich nicht gleich
reagierte oder es nicht richtig machte,
maulte Frau Rauch rum: „Ich hab dir
doch gesagt, ..." Schon hier hätte mir

eigentlich auffallen müssen, dass nur „Sie" immer Recht hat und nur ihre Meinung zählt. Aber ich dachte damals, sie meint es ja nur gut mit dir und du musst es ja erst lernen.

Wir unternahmen mittlerweile recht viel zusammen und verbrachten fast jedes Wochenende auf den Ausstellungen. Wir duzten uns jetzt auch.

Das hatte allerdings mit einem Mal ein Ende, nämlich dann als sich eine Bekannte von Ihr einmischte (die hatte keinen Führerschein und fuhr deshalb jetzt mit ihr) und irgendwelche Lügenmärchen erzählte. Ich hätte gesagt und ich hätte getan ....!? Ich hatte von nichts eine Ahnung, merkte nur das dass Verhältnis zu Marie Rauch merklich abgekühlt war. Warum wusste ich aber nicht, erst nachdem sie mich ganz eindeutig mied, sprach ich sie darauf an. Das heißt ich versuchte es, aber Marie schrie mich am Telefon nur an, sie und alle anderen wollen mit mir nichts mehr zu tun haben und ich solle sie ja in Ruhe lassen. Und legte in unnachahmlicher Weise (wie ich später noch öfter zu spüren bekam) einfach den Telefonhörer auf! Ich war total perplex und konnte mir diese Reaktion überhaupt nicht erklären, ich hatte doch gar nichts getan. Also rief ich ihre Bekannte an, um dort nachzufragen, was denn eigentlich los sei. Manuela war am Telefon ganz nett und freundlich zu mir (obwohl ja auch sie angeblich nichts mehr mit mir zu tun haben wollte) und meinte nur, Sie wisse auch nicht genau was los sei. Sie hatte nämlich bei Marie einen Hund gekauft und ihre Mutter sollte das nicht wissen, angeblich hätte ich ihre Mutter aber angerufen und hätte ihr das mitgeteilt. Welchen Grund sollte ich haben, so etwas zu machen? Ich hatte mit ihrer Mutter doch überhaupt nichts zu tun und ob sie einen Hund mehr oder weniger hat, interessiert mich doch auch nicht. Was für ein Blödsinn! Das ergab doch alles keinen Sinn! Hätte

Marie auch nur einen Moment wirklich darüber nachgedacht, dann hätte ihr klar sein müssen, dass ich überhaupt kein Interesse daran habe, so einen Schwachsinn zu erzählen, was gehen mich die Hunde anderer Leute an? Von mir aus hätte Manuela sich 10 Hunde bei Marie oder sonst wem kaufen können. Aber Nachdenken oder Denken an sich war wohl noch nie Marie´s Stärke gewesen. Bei ihr funktionierte alles nach dem Prinzip: „Ich habe immer Recht und bin schlauer als alle anderen!"

Die ganze Sache zog sich dann auch über mehrere Monate und ich ging eben alleine auf die Ausstellungen. Natürlich blieb es da nicht aus, dass wir uns über den Weg liefen. Aber Marie ignorierte mich einfach, auch gut dachte ich mir da nur.
Eines Tages war es nicht mehr zu übersehen, Marie war schwanger! Aber das hielt sie nicht ab weiter auf Ausstellungen zu gehen. Mittlerweile

hatte sie sich mit noch mehr Leuten überworfen und saß jetzt teilweise doch recht alleine in einer Ecke. Aber immer wieder fand sie einen der ihr mit dem Ausstellungsgepäck half. Mittlerweile tat sie mir schon fast leid und da ich eine Frage an sie als meinen Zuchtwart hatte, sprach ich sie eines Tages auf einer Ausstellung halt doch mal wieder an. Ich erklärte aber auch gleich, dass dies ein Gespräch zwischen Gruppenmitgliedern wäre und es hier bezüglich einer Frage um die Zucht gehe. Sie gab auch breitwillig Antwort. Eine Woche später kam ihre Tochter Hanna zur Welt. Auch dies erfuhr ich nur durch Zufall. Irgendwann machte ich mich halt doch mal auf den Weg und kaufte ein paar Blumen und was zum Anziehen für die Kleine. Nachdem nach mehrmaligem Klingeln niemand aufmachte, legte ich die Sachen vor die Tür.

Gegen Abend klingelte das Telefon und Marie war dran, ob die Sachen von mir

gewesen wären, sie würde sonst keine andere Antonia kennen (ich hatte nur ein kleines Kärtchen angehängt). Ich bestätigte, dass die Sachen von mir waren und erklärte ihr auch, dass ich ihr trotzdem alles Gute wünschen würde. Schließlich hatte sie 12 Jahre auf ein Kind gewartet.
Wir unterhielten uns noch kurze Zeit und das war´s dann erst mal.

Zwei Tage später meldete sie sich auf einmal und ganz von alleine wieder. Sie würde am Sonntag da und da auf die Ausstellung fahren, ob ich nicht Lust hätte mitzufahren. Aha, also Gut Wetter machen war angesagt. Da ich ja ein friedliebender Mensch bin, teilte ich ihr mit, dass ich auch diese Ausstellung besuchen würde und natürlich könnten wir zusammen fahren. Auf dieser Fahrt unterhielten wir uns dann ausführlich, wie es zu diesem ganzen Zoff gekommen war. Hier kam dann endlich heraus, dass ihre „Freundin" Manuela den ganzen Blödsinn erzählt hatte und ganz einfach eifersüchtig auf mich war. Warum auch immer! Ich hatte ihr nichts getan und für so eine Aktion bestand erst recht kein Grund. So ein Quatsch! Also klärten Marie und ich auf dieser Fahrt die Angelegenheit und ich hoffte, dass die Sache damit auch wirklich erledigt war. Soviel Spaß alleine irgendwo auf eine Ausstellung zu fahren macht es auch nicht.

So lief die ganze Sache dann auch einige Zeit relativ reibungslos. Zwischenzeitlich hatte Sie Hanna taufen lassen und mich dazu eingeladen. Als wir dann gemeinsam wieder auf den Ausstellungen auftauchten, wurden wir schon nach kurzer Zeit als Siamesische Zwillinge gesehen. Wir tauchten überall zu zweit auf.

So ein Zwerg ...

Bis auf einige kleinere Differenzen, die ja in jeder Freundschaft mal vorkommen, lief die ganze Sache ab jetzt eigentlich recht reibungslos und friedlich ab.

Dann kam der Tag an dem ich eine Ausstellung in Dierdorf gemeldet hatte, die aber auch gleichzeitig auf den Geburtstag von Fritz Oma fiel. Da wir zugesagt hatten, nach der Ausstellung noch hinzukommen, wollten wir natürlich auch beizeiten wieder aus Dierdorf abfahren.

Marie war separat gefahren und packte jetzt so langsam ihre Hunde aus. Auf einmal hielt sie einen recht kleinen Hund in der Hand, sah aus wie ein Welpe mit 12 Wochen. Dann holte sie noch einen raus und hielt mir beide hin. Schau mal, sind die nicht süß? Keine Frage, süß waren beide, aber was sollte das? Die Aufklärung kam auch prompt, die zweite Hündin wäre 12 Wochen alt und die andere immerhin schon 4 Monate alt. Ein Zwerg halt! Ach ne, hatte ich nicht die ganze Zeit gesagt, dass ich gerne einen Zwerg hätte? Die Kleine war aber einfach auch zu süß, ich war schon hin und weg. Fritz schaute schon ziemlich skeptisch und distanziert. Ich glaube, er hatte schon eher begriffen, worauf die Sache hinauslief. Lauf doch mal mit ihr, sagte Marie. Also stiefelten wir zwei durch die Halle und freundeten uns an. Als wir wieder zurück kamen fragte ich Marie, ob sie die Kleine selber behalten würde. Nein, nein, die wird verkauft (das Grinsen in ihrem Gesicht hätte mich stutzig machen sollen). „Was willst Du denn für sie haben?" fragte ich sie mit einem Seitenblick auf meinen Mann. „Willst Du sie etwa haben?" fragte sie angeblich ganz erstaunt. Na, ja warum nicht? Fritz war gar nicht so begeistert (aber gegen diese Dackelaugen kam man sowieso nicht an). Marie erklärte mir jetzt (immer noch mit einem Grinsen), dass sie mir die Kleine schenken würde, als Bezahlung wollte sie nichts haben, nur dass ich weiter mit „Mini" (so nannten wir sie, wegen der Größe) auf die Ausstellung gehen soll. Das war ja das geringste Problem für mich. Nach einigem Hin und Her mit Fritz, war dann klar, dass Mini bei uns einziehen würde. Da wir aber noch auf den Geburtstag fahren mussten, blieb Mini für den Tag erst mal noch bei Marie. Ich hatte jetzt endlich einen Zwergdackel. Und was für einen!

Ihre Ausstellungskarriere fing auch gleich an und wurde ein voller Erfolg. Bei der Klubsiegerschau wurde sie gleich Klubjugendsieger, damit hatte keiner gerechnet, wir waren alle total von der Rolle vor Freude. Und egal wo sie nach ausgestellt wurde, fast immer bekam sie den ersten Platz oder wurde zumindest unter den ersten vieren platziert. Oft schlug sie auch den Rüden wenn es ums BOB (Best of Breed) ging. So hatte sie innerhalb kürzester Zeit die Scheine für den ersten Championtitel zusammen, jetzt musste nur noch das Jahr rumgehen.

Und so fuhren wir mit unseren Hund auf so ziemlich jede Ausstellung die es nur gab, nicht nur im Inland, sondern auch im Ausland. Wir kamen wirklich weit rum. Selbst in Frankreich, Belgien, Luxemburg und Polen konnte Mini mit ihrer Schönheit glänzen und erfolgreich sein. Landessieger wurde sie unter der Führung von Marie und auch einen Bundessiegertitel konnte sie für sich verbuchen. Damit hatte sie dann auch den letzten Schein für den Deutschen Champion DTK erreicht und an einem Tag praktisch 2 Titel ergattert. Die Freude darüber war natürlich riesig groß.

Aber mittlerweile wurde mir diese ganze Ausstellungsfahrerei doch etwas zu viel. Wir waren fast jedes Wochenende unterwegs und ich mehr mit ihr im Auto unterwegs wie zu Hause bei meinem Mann. Der war auch nicht gerade begeistert. Marie´s Mann Karl war froh wenn sie nicht da war, aber das bekamen wir erst so nach und nach mit. Da hatte das Übel schon seinen

Lauf genommen. Warum das so war, würden wir noch erfahren.

Ich hatte inzwischen mit meiner Standardhündin Aischa einen Wurf gehabt und die Welpen auch alle verkauft. Das heißt bis auf einen. Den hatte ich an Marie abgegeben, als „Bezahlung" für Mini (eigentlich war „Mini" ja ein Geschenk gewesen!). Da sie Standarddackel züchtete und ich jetzt die Zwerge wollte, bekam sie Anni. Anni war eine sehr schöne Hündin und Marie hatte sie sich selbst ausgesucht. Das Problem kam dann später, als Anni einfach nicht mehr wachsen wollte und es ganz so aussah, als wolle sie ein „Zwerg" bleiben. Also kam sie wieder zu mir zurück.
Eine Hündin namens Anouschka hatte ich an Bekannte von Marie verkauft, die auch schon einen Hund von ihr hatten.

Eines Tages rief mich Marie dann in der Firma an und erzählt mir ganz aufgebracht: „Der Blödel von A. hat mich angerufen. Die Anouschka würde beissen, alles anbellen und in die Wohnung machen! Der Hund müsse weg!" Mir fielen alle Todsünden ein, wo sollte ich den jetzt mit dem Hund hin? Fritz würde einen Anfall bekommen, er war froh gewesen, als alle verkauft waren. Was sollte ich denn jetzt machen?

Also rief ich bei den A´s. an und erkundigte mich was den überhaupt los sei. Schliesslich war ich ja auch die Züchterin und nicht Marie. Warum hatten sie eigentlich bei ihr angerufen, sie hatte mit dem Hund doch gar nichts zu tun? Sie hatte lediglich vermittelt.

Herr A. erklärte mir dann auch gleich am Telefon, der Hund müsse weg! Seine Frau würde das nicht mehr aushalten und es wäre ja auch alles ganz furchtbar mit diesem Hund. Ich konnte es eigentlich gar nicht recht glauben, er selbst hatte Anouschka sich doch ausgesucht. Und Anouschka war mit der ruhigste Hund von allen gewesen. Was war hier nur los?

Wir vereinbarten, dass ich noch am selben Abend bei Ihnen vorbeikommen würde. Dann rief ich Marie an und bat sie doch mitzufahren, ich würde sie abholen.

Nach der Arbeit fuhr ich dann schnell bei Marie vorbei und gemeinsam fuhren wir zu A. Schon im Auto diskutierten wir darüber, was da wohl passiert sei, wir konnten es uns beide nicht vorstellen. Eigentlich wollte ich den Hund nicht zurücknehmen, dass gab mit Sicherheit Ärger mit Fritz!

Als wir bei den A´s ankamen überschlug Anouschka sich bald vor lauter Freude. Sie sprang ständig an uns hoch, wollte mit uns spielen und leckte uns die Hände ab. Der Hund war quitschvergnügt und von „Angriffslust" keine Spur. Marie schaute sich immer wieder den Hund an und versucht gar nicht mehr A´s zu überreden, den Hund zu behalten. Ich redete mit Engelszungen und versuchte zu ergründen, warum sie den denn Hund unbedingt abgeben wollten. Nach fast zwei Stunden Reden (ich hatte schon Fransen) räumten A´s dann ein, dass sie es sich überlegen wollten, ob der Hund jetzt da bleibt oder gleich mit uns geht. Wir verließen die Wohnung und warteten unten vor der Tür. Dort fiel ich erst mal über Marie her und fragt sie, ob sie noch ganz klar wäre. Sie wüsste doch genau, dass ich den Hund eigentlich nicht mit nach Hause nehmen könne, wegen meinem Mann. Bevor er da natürlich vor die „Hunde" ging, würde ich sie mitnehmen, aber wenn es nicht unbedingt sein müsse, dann ....

Marie schaute mich an und meinte dann, die wissen überhaupt nicht, was die für einen tollen Hund haben. Ich will Anouschka für mich! Jetzt spinnt sie total, dachte ich mir nur.

Marie zählte mir dann auf, was an dem Hund alles so toll sei und das sie davon überzeugt war, die macht ihren Weg in der Ausstellung. Jetzt hatte ich so langsam begriffen, Marie hatte sich in Anouschka verliebt! Und wie willst Du das deinem Mann erklären, fragte ich sie? Grinsen, Schulterzucken, der kann mir doch eh keinen Wunsch abschlagen, dass mache ich schon.

Na gut, nach einer Viertelstunde gingen wir wieder in die Wohnung und hörten, dass A´s sich entschieden hatten den Hund jetzt doch zu behalten. Aufatmen bei mir, Enttäuschung bei Marie.
Aber es kommt ja immer anders als man denkt. Unseren Männern hatten wir natürlich nichts davon erzählt, Marie hatte ihrem Karl nur erzählt sie müsse mit mir einen Hund abholen, prompt klingelt auch das Handy. Mein Mann hatte bei Karl angerufen und gefragt ob irgendwas los sei. Karl der nicht wusste, dass Fritz von der ganzen Sache keine Ahnung hatte, erzählt ihm das wir bei A´s den Hund abholen müssten. Die Reaktion meines Mannes

erstaunte mich dann doch einigermaßen, er sagt nur, bring bloß den Hund nach Hause hier ist er besser aufgehoben, als bei solchen Leuten. Da Anouschka aber dableiben sollte, kamen wir natürlich ohne Hund nach Hause. Auch Marie´s Mann hatte am Telefon gesagt, dann nehmen wir sie halt. Marie und ich schauten uns im Auto nur noch an und schüttelten den Kopf. Mit allem hatten wir gerechnet, aber nicht damit.

Aber nur eine Woche später war es dann soweit, Freitagnachmittag fuhr ich bei A´s vor und lud unsere Anouschka nebst Leine und Papiere ins Auto ein und lud sie bei Marie wieder aus. Der Hund war total abgemagert und runtergekommen. Maries Mutter gab ihr ein großes Stück Fleischwurst (was später alles wieder rauskam) und Wasser, damit der Hund was auf die Rippen kriegt. An diesem Abend fand aber auch unsere Weihnachtsfeier statt und wir wollten Anouschka nicht gleich wieder alleine lassen und nahmen sie einfach mit. Ich glaube, an diesem Abend hätte ich den Hund fünfmal verkaufen können. Keiner konnte verstehen, wie man so einen Hund einfach nicht haben will.

Für Marie stand aber außer Frage, dass dieser Hund das Haus jemals verlassen würde. Mittlerweile hat Anouschka schon so manchen Titel errungen, unter anderem auch einen Europasieger FCI, ist das vielleicht nichts? Im Laufe der Jahre hat Marie auch mal einen Wurf mit ihr gemacht. Leider hat sie dann Anouschka (nach unserer Trennung, dabei konnte der Hund ja nichts dafür!) an fremde Leute abgegeben und ich weis nicht einmal wie es ihr heute geht.

So fuhren wir von einer Ausstellung auf die andere, im Inland wie auch im Ausland. Und so verging auch die Zeit und bis auf ein paar größere und kleinere Differenzen, nicht nur mit mir, sondern auch mit ihrem Mann, lief es eigentlich ganz gut.

Dort lernten wir dann auch Gudrun Fuß kennen, ebenfalls überzeugte Dackelbesitzerin. Da wir uns immer öfter auf den Ausstellungen trafen, hatten wir bald ein freundschaftliches Verhältnis und telefonierten auch immer wieder mal miteinander. Gudrun und ich hatten von Anfang an irgendwie ein besonderes Verhältnis, vielleicht weil wir beide NRW´ler waren. Das soll ja verbinden. Gudrun wurde ein wichtige Person in unserem Leben.

Von Frankreich nach Luxemburg und dann ins Internet

Im Sommer 1999 war dann wieder einmal ein Frankreichurlaub geplant, Marie und Karl besaßen ein Ferienhaus in Frankreich, Marie blieb immer 6 – 10 Wochen, Karl fuhr immer wieder zwischendrin mal nach Hause, einer musste ja Geld verdienen. Und im Sommer 1999 sollten wir nun mal ein paar Tage kommen. Es war schon alles geplant, die beiden waren schon ein paar Wochen in Frankreich und im September sollten wir dann nachkommen. Aber es kommt ja immer anders als man denkt. Am 29. August hatten wir die letzten Vorbereitungen getroffen, das Auto war schon umgebaut für die Hunde und das Gepäck, als mich der Anruf vom Lebensgefährten meiner Mutter erreichte. Sie waren auf der Rückfahrt von meiner Oma gewesen (79. Geburtstag) und meine Mutter sei im Auto zusammengebrochen. Jetzt wären sie in H. in der Stadtklinik und ich sollte doch schnellstmöglich kommen. Irgendwie reagiert man in solchen Fällen total idiotisch. Ich packte noch eine Tasche, obwohl sie doch alles dabei hatten, aber manchmal reagiert man einfach nicht logisch. Als wir endlich in H. ankamen und die Klinik gefunden hatten, war bereits alles zu spät. Meine Mama hatte ihren Herzinfarkt nicht überlebt. Nachdem wir so einigermaßen alles geregelt hatten, versuchte ich dann den ganzen Abend Marie in Frankreich zu erreichen. Das wir jetzt nicht am Dienstag nach Frankreich fahren konnten war ja klar, am Mittwoch war die Beerdigung und ich total durcheinander. Aber scheinbar hatten sie wegen Hanna das Telefon abgestellt, ich kam einfach nicht durch. Am nächsten Morgen probierte ich es gleich wieder, bis ich endlich Karl am Telefon hatte und ihm die Lage erklären konnte. Sie waren natürlich beide geschockt, damit hatte ja kein Mensch gerechnet.

Aber natürlich sei es kein Problem, wenn wir später kämen, wir sollten nur Bescheid geben.

Jetzt musste ich erst mal die Beerdigung und alles andere hinter mich bringen. Auf Grund familiärer Querelen (vor allem wegen dem Lebensgefährten meiner Mutter) hielt ich es nicht mehr lange aus und bereits

Donnerstagnacht saßen wir im Auto und waren auf dem Weg nach Frankreich. Von unterwegs läuteten wir dann durch, dass wir auf dem Weg seien. Karl meinte, kein Problem, wir holen Euch dann da auf dem Parkplatz ab, ihr findet das sonst nie.

Morgens um 5 Uhr sammelte Marie uns dann auf dem besagten Parkplatz ein und lotste uns zu ihrem Haus, stimmt, wir hätten das nie gefunden.
Jetzt begannen ein paar ruhige Tage, obwohl so konnte man das auch nicht nennen. Marie und Karl gaben sich alle Mühe das bewusste Thema nicht anzuschneiden und schleppten uns dafür jeden Tag woanders hin. Von Frankreich aus starteten Marie und ich dann auch nach Luxemburg zu einer CACIB. Abgesehen davon, dass uns erst ein Reh ins Auto lief, dann ein Greifvogel vor die Scheibe flog und zu guter Letzt einer ihrer Hunde auch noch vor der Luxemburgischen Grenze das ganze Auto vollspuckte, verlief alles

ganz gut. Das Auto stank, die restlichen Hunde sahen furchtbar aus und ausgerechnet der Hund, der alles vollgespuckt hatte, wurde Jugendchampion Luxemburg!

Immer wenn wir auf den CACIB-Ausstellungen waren versuchten wir Kauknochen und Leckerchen zu ergattern, in großen Mengen und zu günstigen Preisen natürlich. Das war eigentlich auch der Knackpunkt für diese ganze Geschichte hier.
Zwei Frauen stundenlang alleine im Auto unterwegs, da kann ja nichts Gescheites bei rauskommen. Und so entwickelte sich langsam die Idee, man müsste doch an diese Leckerchen bei Abnahme größerer Mengen eigentlich günstiger drankommen. Also überlegten wir hin und her wie man wohl an diese Sachen kommen könnte.

Und auf irgendeiner dieser ewigen Rückfahrten entstand dann die Idee, wir machen einen Internetshop auf!

Wir brauchten ja nur ein Gewerbe anzumelden und wenn wir dann tatsächlich noch an andere was verkaufen könnten, wäre das doch toll. Da wir meistens nach diesen langen Fahrten keine Lust mehr hatten zu kochen, gingen wir dann mit unseren Männern essen. An diesem Abend wurde es allerdings immer wieder durch größere Diskussionen unterbrochen und dann stand fest: Wir machen einen Internetshop auf!

Marie´s Mann ist Informatiker, also war der Shop im Internet das geringste Problem. Aber wie sollten wir den Shop nennen? Wir redeten uns einen Abend lang bei unserem Stammitaliener die Köpfe heiß und einigten uns irgendwann dann auf: NAGHÜTTE!
Da wir ja nur Artikel für die Hunde verkaufen wollten, schien uns der Name doch recht passend.

Ab da wurde telefoniert und im Internet gestöbert wie Weltmeister, es mussten ja erst mal Lieferanten gefunden werden. Und damit wir überhaupt an die Preise kamen, gingen Marie und ich eines Abends auf die Gemeinde um unser Gewerbe anzumelden. Ohne Gewerbeschein läuft eben nichts. Und so wurden wir ab 01.04.2000 offiziell eine GbR.

Nachdem die ersten Preislisten eingetroffen waren, gingen wir dann dran uns auszurechen, war wir bestellen konnten und welche Artikel wir überhaupt brauchten. Wir hatten uns geeinigt, dass jeder eine Einlage in Höhe von
1.500 DM machen würde, mit 3.000 DM konnte man also schon mal was anfangen. Dann musste ja auch noch eine Preisliste erstellt werden, die Preise erst mal errechnet werden und überhaupt festgelegt werden, was wir so generell anbieten wollten. Da kam

es dann schon zu den ersten Differenzen.

Marie war der Meinung, man sollte so viel wie möglich im Angebot haben. Was für ein Quatsch! Warum sollten wir Sachen anbieten, die wir gar nicht hatten und wahrscheinlich auch nie haben würden. Hier tauchte zum erstenmal der Größenwahn auf! Aber es wurde natürlich so gemacht wie sie es vorschlug (nur sie hatte Recht und wusste alles ganz genau, sollte ich später noch öfter merken). Daraus entstand dann letztendlich eine Preisliste aus 8 oder 10 Seiten, wovon wir aber höchstens 2 Seiten hatten! Nächtelang saßen wir in ihrem Büro und redeten uns die Köpfe heiß. Karl versuchte zwischenzeitlich, den Shop im Internet zu erstellen und da er ja den Größenwahn seiner Frau kannte, wurde natürlich nichts ohne ihre vorherige Zustimmung gemacht.

Nachdem die Preisliste nun so einigermaßen in Form gebracht war, saßen wir wieder stundenlang am Computer und schrieben bzw. mailten sämtliche Hundevereine an und verschickten die Preisliste (8 oder 10 Seiten!) per Fax. Mich wundert es noch heute, dass wir keine Anzeige wegen Werbungsüberschwemmung erhalten haben!

Fritz und ich hatten an der Garage einen Anbau, in dem lagerten jetzt die bestellten Kauknochen, Hufe, Pansenpakete usw. Die Arbeit hatte ich natürlich erst mal damit. Da ich voll berufstätig war, kamen die Pakete natürlich immer dann wenn ich nicht da war. Also abends auf die Post und die schweren Kartons ins Auto gewuchtet. Wenn ich Glück hatte war Fritz schon da oder Wolfgang, unser Nachbar und ein Arbeitskollege von Fritz, erbarmte sich meiner und holte die Pakete auf der Post ab. Die Postlerin beschwerte sich schon, die Pakete würden stinken und war froh, als wir die Dinger endlich abholten.

Natürlich kann man nicht erwarten, dass einem die Bestellungen nur so ins Haus flattern, weil man seitenweise Preislisten verschickt und Mails schreibt ohne Ende. Und so war es auch, die Bestellungen blieben natürlich aus. Das einzigste was lief war unser Eigenbedarf.

Und wenn mal wirklich jemand was bestellte, durfte ich natürlich die Ware verpacken und wegschicken.

Marie gab mir dann nur die Rechnung mit, aber zum Packen kam sie natürlich nicht rüber.
So viel ist das ja auch nicht, dass schaffst Du doch alleine, oder?
Wenn es später mal mehr wird, helfe ich Dir natürlich – wozu es allerdings nie kam.

Internetshop kontra Ladengeschäft

Nachdem der Internetshop nun nicht so lief wie er sollte, nämlich überhaupt nicht, kam Marie auf die glorreiche Idee, wir machen ein Ladengeschäft auf! Bei ihnen am Marktplatz sei ein Geschäft schon länger leer und das wäre doch ideal, nicht zu groß und so. Von der Idee war ich nun nicht so begeistert, für einen Laden hatten wir viel zu wenig Ware und wer sollte sich denn überhaupt da reinstellen?

Für Marie war das überhaupt kein Problem, dass würde schon klappen, man müsste eben nur noch mehr Waren bestellen und die Regale und so würde man schon anschaffen. Mein Mann sei ja handwerklich begabt und streichen könne sie auch. Unsere Männer waren alles andere als begeistert.
Fritz hielt sich ganz raus und Karl versuchte bis zum Schluss sie von dieser Wahnsinnsidee abzuhalten, gab

am Ende aber doch nach und Marie konnte über weitere paar Tausend Mark verfügen.

Bei der ganzen Planung hatten wir uns aber keine Gedanken gemacht, wie das den wohl gehen sollte mit den Öffnungszeiten. Schließlich war ich voll berufstätig, hatte einen Haushalt und noch die Hunde und mein Mann wollte mich ab und zu auch noch mal sehen. Außerdem waren wir fast jedes Wochenende auf Ausstellungen. Zu diesem Zeitpunkt muss ich mein Gehirn irgendwo auf der Autobahn verloren haben, sonst hätte ich mich nie auf so was eingelassen.

Unser Urlaub war bereits geplant (3 Wochen Ungarn), Rauch´s Urlaub auch (6-10 Wochen Frankreich), aber um ihre Idee durchzusetzen war Marie bereit, alles über Bord zu werfen. Ihre Argumente: Der Laden sei sonst weg und man könne das doch ganz locker in der Zeit hinkriegen und dann würde der

Laden doch schon mal laufen. Da Fritz und ich aber unseren Urlaub dringend brauchten, erklärten wir uns nur bereit, die Renovierung zu machen. Das auch ihr Mann den Urlaub dringend benötigte, ließ sie vollkommen kalt. Karl hatte eh nichts zu melden und wenn er nicht so spurte wie sie das wollte, gab´s Knatsch und das nicht zu knapp. Also blieb dem armen Karl nichts anderes übrig, als gute Miene zu machen und sich den „Wünschen" seiner Frau zu beugen.

Marie´s Mutter, Veronika Kaufmann kannte die Besitzerin des Ladengeschäftes und hatte den ersten Kontakt hergestellt. Wir besichtigten den Laden und Marie befand ihn für gut. Also wurde vereinbart, dass wir den Laden offiziell zum 15. Juli 2000 mieten würden. Wider besseres Wissen unterschrieb ich den Mietvertrag mit und damit auch das Todesurteil meiner Unabhängigkeit und das Ende unserer

Freundschaft. Aber das kommt erst später.

Nun waren wir also stolze Mieter eines Ladens, im Internet tat sich immer noch nichts und das bestärkte Marie natürlich darin, dass unbedingt der Laden laufen müsse.

Meinen Vorschlag, wir sollten doch alle erst mal unseren Urlaub machen und dann erst Eröffnung, lehnte sie rundweg ab. Wir müssten ja jetzt Miete für den Laden zahlen und dann sollte der auch so schnell wie möglich eröffnet werden. Was für ein Wahnsinn! Fritz und ich waren aber nicht bereit auf unseren Urlaub zu verzichten, deshalb wurde der Laden gestrichen und gewienert, neue Lampen aufgehängt und Vorhänge montiert. Danach gab es nicht mehr viel zu tun, da wir weder Regale noch genügend Waren hatten und wir verabschiedeten uns in den Urlaub. Marie war sauer! Ich hatte ihr aber ganz klar zu verstehen gegeben, dass wir unseren Urlaub bräuchten und wir den Laden genauso gut Anfang September eröffnen könnten, wenn sie auch aus dem Urlaub zurück wären. Ihr Urlaub sei bereits gestrichen, sie würde darauf verzichten (konnte sie ja gut, war den ganzen Tag zu Hause oder ging shoppen). Auf der anderen Seite war es ihr aber scheinbar auch wieder ganz recht, konnte sie doch jetzt einkaufen was sie wollte. Und das tat sie auch sehr ausgiebig.

Karl´s Urlaub war endgültig gestrichen, Marie trieb die Kosten weiter in die Höhe, telefoniert jeden Tag mindestens einmal, wenn nicht sogar öfter mit mir in Ungarn, nur um mir zu erzählen, sie hätte hier ein Regal gekauft und dort einen Schrank und das und jenes an Ware.

Auf meine Frage, wer den das alles bezahlen sollte, unsere Einlagen hatten wir ja bereits in Waren umgesetzt (3.000 DM!), meinte sie nur, SIE würde das vorstrecken (d.h. Karl zahlte alle Rechnungen, da sie ja gar kein

Einkommen hatte) und sich dann später, wenn der Laden laufe wieder holen. Ihre Telefonitis wurde mittlerweile schon lästig, und wehe, ich hatte das Telefon mal ausgeschaltet, dann konnte ich mir später was anhören. Was sie alles schaffen würde, während ich mich im Urlaub vergnügte und was das alles koste. Sie würde ja die ganze Arbeit machen, schon hier hätte ich die Bremse ziehen sollen, aber da war es wohl auch schon zu spät.

Die Krönung des Ganzen kam dann nach ca. 1 ½ Wochen. Ende Juli sollte Eröffnung sein und wir wollten an diesem Wochenende erst nach Hause fahren. Ohne Rücksicht auf uns, legte Marie den Termin für die Eröffnung fest und war dann auch noch sauer, dass ich nicht sofort nach Hause fuhr.

Unsere Freunde in Ungarn waren durch die Telefonitis auch schon leicht angekratzt, aber das Fass lief auch bei Ihnen über, als Marie am Telefon rumschrie, ich solle bloß zusehen, dass ich zur Eröffnung pünktlich da sei. Sie hätte die ganze Arbeit gemacht und ich würde es nicht mal für nötig halten eher aus dem Urlaub zu kommen. Und legte unnachahmlich (passierte später noch öfters) den Telefonhörer auf. Jetzt war ich aber sauer! Wir hatten eigentlich geplant 2 Tage früher nach Hause zu fahren, mehr hatte mir Fritz nicht zugestanden. Aber das war ja jetzt die Krönung des Ganzen. Am liebsten wäre ich noch in der selben Nacht gefahren! Nicht mal den Urlaub gönnte sie uns. Es würde doch eh für lange Zeit der letzte sein, einen Laden kann man nicht einfach schließen, vor allem nicht in der Anfangszeit.

Später stellte sich dann heraus, dass ihre Mutter Veronika den Wohnungsschlüssel in der Wohnung gelassen hatte und nun vor der Tür stand. Karl war über den Wintergarten 1 ½ Stockwerke tief in ihre Wohnung gehüpft und hatte sich dabei natürlich den Fuß verstaucht. Jetzt konnte er zwar nicht zur Arbeit gehen, aber auch nicht mehr beim Ladenaufbau helfen. Und da drehte Marie dann endgültig durch. Hätte sie damals auf mich gehört, dann hätten wir im August angefangen den Laden einzurichten und alles wäre in schönster Ordnung gewesen. Aber nein, sie hatte ja wie immer ihren Dickkopf durchsetzen müssen.

Jetzt fing die Ladeneröffnung schon mit grummeligem Gesicht an, jeder war sauer auf den anderen. Natürlich kamen überwiegend Freunde und Bekannte von ihrer Seite, unsere waren ja immer noch im Urlaub.

Wider Erwarten lief der Laden gut an und nachdem auch mal im Anzeigenblättchen eine Anzeige erschienen war, noch mehr. Auch das Kaffeegeschäft schräg gegenüber war ein großer Vorteil, viele Leute die bisher noch nicht gewusst hatten, dass es hier einen Hundeladen gab, schauten doch wenigstens mal bei uns rein und wurden Stammkunden.

Im Oktober sollte der erste Herbstmarkt stattfinden, da mussten wir natürlich dabei sein.
„Wir sind dann bei den Pionieren!" sagte Marie und fand die Idee, sich 2 Tage auf der Straße aufzuhalten, ganz toll. Die Vorbereitungen liefen an, in mühevoller Kleinarbeit wurden Handzettel erstellt, kopiert und zurechtgeschnitten. Diese sollten dann von Mike, dem Pflegekind ihrer Mutter auf dem Parkplatz am Markttag verteilt werden.
Damit wir im Trockenen stand, kauft Marie ein Partyzelt, 6 x 3 Meter! Die Tapeziertische wurden zusammen-gesucht, je 3 Meter, damit konnte man das Zelt dann füllen.
Bei den Überlegungen, was für Ware wir mitnehmen sollten, waren wir uns wenigstens einmal einig. Dosen und das ganze Kleinzeug ja, aber keine Säcke mit Hundefutter. Kein Mensch

würde auf einem Markt 25 kg Hunde-futter kaufen und die über den Markt schleppen!

Fritz, Karl und Mike wurden abkommandiert das Zelt und die Tische aufzustellen. Am Freitagabend hatten wir den Laden leergeräumt und die ganzen Sachen auf unseren Hänger bzw. in den Bus von Marie´s Bruder (hatten wir uns geliehen) geladen. Am Samstagmorgen um 7 Uhr ging es dann los, der Aufbau konnte beginnen. Der Platzanweiser zeigte uns unseren Standort und die Männer fingen an das Zelt aufzubauen. Der erste Ärger war dann schon wieder vorprogrammiert, als Fritz anfing seine Meinung über die Aufhängung und Platzierung der Leinen zu äußern, bzw. die „Frechheit" besaß, Marie´s Platzierung in Frage zu stellen. Es gab mitten auf dem Markt eine lautstarke Diskussion, woraufhin ich erklärte, ich hätte jetzt keine Lust mehr und das ganze sei sowieso eine Schnapsidee gewesen. Karl der mittlerweile auch eingetroffen war, sollte jetzt wieder schlichten, aber der Zug war im Moment abgefahren. Jede von uns hing beleidigt in einer Ecke rum. Irgendwie bekamen wir es dann doch noch geregelt alles aufzubauen und zu dekorieren. Aber zwischen meinem Fritz und Marie herrschte Funkstille, jetzt war also Fritz an allem Schuld.

Da Marie und ich ja nun 2 Tage auf der Straße miteinander zubringen mussten (natürlich nur tagsüber), rauften wir uns halt zusammen und die beiden Tage wurden dann doch noch recht lustig. Am Sonntagabend war dann endlich alles vorbei, die restlichen Waren mussten wieder gezählt und eingeräumt werden, Kassensturz war auch nötig, denn am Montag musste der Laden ja wieder komplett sein. Zum krönenden Abschluss gingen wir dann alle zusammen nachts um 22 Uhr zum Essen und begossen unsere ersten größeren Einnahmen. Für Marie war es ein voller Erfolg gewesen, aber nachdem ich ihr aufgerechnet hatte, dass wir eigentlich nichts außer neuer Kundschaft dabei verdient hätten, maulte sie schon wieder rum: „Du immer mit deiner Miesmacherei!" Ab da hielt ich halt dann den Mund, weil egal was ich sagte oder auch später tat, es war eh alles verkehrt.

Nachdem wir den Markt also einigermaßen glücklich hinter uns gebracht hatten lief es eine Weile ganz ruhig. Der Laden lief besser als erwartet und Marie kaufte ein wie eine Verrückte. Ständig trafen irgendwelche neuen Lieferungen ein. Die Miete konnten wir locker am Monatsende bezahlen und auch sonst lief es ganz gut.

Was der Auslöser war, weis ich heute nicht mehr, auf jeden Fall knallte es Ende des Jahres ganz fürchterlich. Ich pendelte eigentlich nur noch zwischen meiner Wohnung, der Firma und dem Laden hin und her. Meinen Mann sah ich abends um halb acht, um 6:30 Uhr verließ ich morgens die Wohnung, damit ich nachmittags um 16 Uhr schon wieder im Laden sein konnte. Mein Haushalt lag brach, die Wäsche türmte sich und unsere Freunde und Bekannten beschwerten sich schon, wir bzw. ich hätten ja gar keine Zeit mehr für sie. Selbst zu Geburtstagen oder sonstigen Einladungen kam ich grundsätzlich zu spät. Und die Wochenenden verbrachten Marie und ich dann auf den Ausstellungen. Irgendwann hatte ich die Nase gestrichen voll! Ich kam ja nicht mal mehr in den Aldi geschweige denn noch woanders hin. Um 19 Uhr, wenn ich den Laden zumachte, hatten nur noch die teuren Läden auf.

Da Marie ja nicht arbeiten ging, Hanna vormittags in den Kindergarten und nachmittags zu ihrer Oma ging, hatte Marie natürlich ab 16 Uhr Zeit um einkaufen und Shoppen zu gehen. Ich konnte nicht mal zum Friseur gehen, da der Laden ja auch Samstags geöffnet war.

Unsere Zeiteinteilung (natürlich von Marie erstellt, es sollte ja gerecht sein) sah folgendermaßen aus:

Marie öffnete den Laden um 12 Uhr und blieb dann bis 16 Uhr, dann sollte von 16 bis 17 Uhr eigentlich geschlossen sein, da ich ja erst von der Arbeit kam (Arbeitszeit von 7 bis 16:30 Uhr). Meistens blieb Marie aber da bis ich kam, nur damit sie sich noch mit mir unterhalten konnte. Karl musste deshalb oft genug früh nach Hause kommen, da Marie´s Hunde an bestimmte Uhrzeiten gewöhnt waren und sonst Theater machten. Wenn also Karl pünktlich kam, blieb Marie bis ich da war und ließ den Laden natürlich offen, wehe ihr Mann konnte nicht pünktlich kommen, dann hing die Kinnlade auf der Brust, der Krach für Abends war vorprogrammiert und der Laden eben nachmittags geschlossen bis ich kam. Meine Zeit ging also offiziell von 17 Uhr bis 19 Uhr, außerdem hatte ich jeden Samstag „Dienst" von 9:30 Uhr bis 14 Uhr (obwohl kein Mensch mehr um diese Zeit kam und alle anderen Geschäfte schon geschlossen hatten).

Da Marie ja nicht berufstätig war, kümmerte sie sich um die Buchhaltung (ist ja immerhin gelernte Industriekauffrau), Kontoauszüge habe ich also nie gesehen, die hatte sie immer zu Hause (die eigene Dummheit rächt sich immer). Auch die Bestellungen machte Marie, deshalb haben wir auch öfters Differenzen bekommen. Meiner Meinung nach bestellte sie zu viel und auch viel zu viel Quatsch. Aber in der Beziehung ließ sie sich ja auch nicht reinreden. Ich bekam ja meistens nicht einmal mit, dass sie wieder mal eine „Mammutbestellung" losgelassen hatte. Erst wenn der Laden wieder mal mit Kartons voll stand und sie mir Arbeit übriggelassen hatte, sah ich das Ausmaß ihrer „Kaufwut"!

Auf Grund all dieser Umstände, knallte es wie gesagt Endes des Jahres 2000 ganz fürchterlich. Wir redeten nur noch schriftlich miteinander. Wenn sie noch im Laden war, wartete ich vor der Tür oder in einer Ecke des Ladens bis sie fertig war. Nachdem das schon eine Weile so gegangen war und kein Ende in Sicht war, teilte ich ihr per Email mit, dass es dann wohl besser wäre, wenn ich mich aus dem Laden zurückziehen würde. Da sie ja sowieso die „ganze Arbeit" machen würde, wäre es doch dann wohl besser, wenn ich ihr den Laden überlassen würde. Daraufhin erhielt ich eine bitterböse Mail von ihr zurück.

Zu der Zeit sollte auch meine Hündin Mini gedeckt werden, die wir bisher gemeinsam geführt hatten. Da es der erste Deckversuch war, wollten wir natürlich auch ganz sicher gehen, dass es der richtige Tag ist und hatten einen Test machen lassen. Den Rüden hatten wir auch schon ausgesucht. Aber nachdem Marie sich auf stur stellte und der Tag immer näher rückte, wusste ich auch nicht mehr was ich machen soll. Also schickte ich ihr ein Fax, worin ich ihr mitteilte, dass dann der Tag zum Decken wäre und ob sie mitfahren würde. Ich hatte also mit der weißen Fahne gewunken! Aber ich erhielt keine Antwort von ihr. Und so machte ich mich dann zu gegebener Zeit auf in Richtung Mannheim, wo der Rüde wohnte. Fritz hatte sich bereit erklärt, den Laden zu hüten, da ich ja beizeiten los musste. Die Besitzerin des Rüden wunderte sich natürlich etwas, weil ich alleine ankam. Bei den Hundeleuten waren wir ja mittlerweile als „Siamesische Zwillinge" bekannt. Mit einer recht simplen Erklärung, nämlich das Marie an diesem Abend leider, leider keine Zeit gehabt hätte, konnte ich einer weiteren Befragung erst mal aus dem Weg gehen.

Unser „Rosenkrieg" hielt dann doch ziemlich lange an, die Inventur Ende des Jahres brachten wir gerade noch so hinter uns, natürlich nur das notwendigste miteinander redend.

Mitte Januar war es dann mit Mini und ihren Welpen soweit. Marie hatte natürlich zwischenzeitlich von anderer Seite erfahren, dass Mini gedeckt worden war. Prompt bekam ich wieder eine bitterböse Nachricht von ihr, dass „unser" Hund ohne ihr Wissen gedeckt worden war. Das Fax von mir hatte sie angeblich nie bekommen(?). Aber jetzt ging es ja um die Welpen und hier kam dann wieder die weiße Fahne von mir. Da ich ja den ganzen Tag im Büro saß, machte ich mir natürlich Gedanken, was passieren würde wenn die Welpen kämen und keiner daheim sein würde. Um dies zu vermeiden, sprach ich sie dann eines Nachmittags im Laden an, ob nicht die Möglichkeit einer Betreuung bei ihr bestehen würde, natürlich zum Wohle unseres „gemeinsamen" Hundes. Dazu erklärte sie sich dann auch bereit und am Montagmorgen brachte ich Mini das erste Mal zu ihrer Betreuungsstätte. Mit meinem Chef hatte ich vereinbart, dass ich in der Zeit nur halbtags Arbeiten würde. Und so konnte ich Mini dann Mittags auch im Laden wieder abholen. Der Montag ging noch gut, aber am Dienstag ging es dann los. Da wir wieder so einigermaßen miteinander sprachen, hatten wir am Dienstagmittag die Zeit verquatscht und bei Mini gingen auf einmal die Wehen los, mitten unter dem Schreibtisch! Jetzt brauchte ich auch nicht mehr mit ihr nach Hause fahren. Nachdem die ganze Sache sich aber endlos in die Länge zog, rief Marie bei ihrer Tierärztin an um sich schlau zu machen. Da die ganze Sache schon über 4 Stunden dauerte, wir mit Mini endlose Runden im Laden und vor der Tür gedreht hatten und dem Hund so langsam aber sicher die Kräfte schwanden, fuhren wir zum Tierarzt. Marie informierte Karl, dass er in den Laden kommen sollte, wir packten Mini mitsamt Korb in den Kofferraum vom Kombi und ab ging es. Beim Tierarzt war schon alles für einen Kaiserschnitt vorbereitet und es konnte dann auch gleich losgehen. Den ersten Welpen versuchten die Tierärztin und ein weiterer Kollege (hatte die Praxis früher gehabt und half jetzt manchmal aus) noch auf natürlichem Wege zu holen, was aber ziemlich beschwerlich war. Nachdem die Hündin nun aber schon mal halb raus war musste der Rest auch noch raus, egal wie, rückwärts ging nicht. Die anderen 4 wurden dann per Kaiserschnitt auf die Welt geholt. Der erste Welpe, der alles blockiert hatte bekam den Namen „Barbara", schließlich war es mein zweiter Wurf also „B"! Nachdem alle Welpen gesund und munter waren, Mini wieder zugenäht und aus der Narkose einigermaßen erwacht war, fuhren wir nach Hause. Ich setzte Marie ab und beeilte mich auf dem schnellsten Wege nach Hause zu kommen, damit die Kleinen sich nicht verkühlten. Zu Hause hatte Fritz mit Wolfgang schon alles vorbereitet, Rotlichtlampe montiert, Körbchen aufgestellt usw.

Und so hielten die neuen Welpen ihren Einzug im neuen Heim.

Mit Marie und mir ging es ab da dann wieder einigermaßen aufwärts, ein bisschen was bleibt aber immer zurück und wenn es der Nachgeschmack ist. Die ausgesprochene Kündigung hatte ich nicht zurückgenommen, aber da wir ja einen Gesellschaftervertrag hatten, hätte ich auch gar nicht zu diesem Zeitpunkt aussteigen können. Welches Glück ich damit hatte, die Kündigung nicht zurückgenommen zu haben, sollte ich ein Jahr später merken.

Trennung und was kommt danach

Im März 2001 waren wir wieder mal auf einer Ausstellung gewesen übers Wochenende. Marie hat weder was gesagt noch hatte sie sich was anmerken lassen. Aber als wir nach Hause kamen, merkte ich aber gleich, dass zwischen ihr und Karl etwas nicht in Ordnung war. Ich sollte auch noch am selben Abend erfahren, was es war. Karl würde sich von ihr trennen!

Da wir Nachmittags zurückgekommen waren, durfte ich natürlich prompt noch in den Laden fahren, es war ja meine Arbeitszeithälfte. Kurz vor Feierabend rief sie dann ganz aufgelöst im Laden an und bat mich doch noch dazubleiben, sie würde gleich kommen und müsste mit mir sprechen. Ich machte mir natürlich Gedanken, was denn jetzt wieder los sei.

10 Minuten später war sie da und in Tränen aufgelöst. Karl würde sie verlassen! Sie hätten vor unserer Abfahrt schon Streit gehabt und eigentlich hätte sie gar nicht fahren wollen, aber Karl hätte darauf bestanden, von wegen dem Abstand und so. Aber es hatte nichts daran geändert und als wir wieder da waren, hatten sie am Nachmittag (während ich todmüde im Laden saß) noch mal ein Gespräch gehabt und er hatte ihr mitgeteilt, dass er bis Ende des Monats

noch bleiben würde (oder sogar bis April, weis ich nicht mehr so genau) und dann ausziehen würde. Er suche bereits eine Wohnung und bei den noch ausstehenden Terminen wegen den Hunden und auch dem Frühjahrsmarkt (Ende März/Anfang April) würde er ihr natürlich helfen.

Eine Woche später war er bereits ausgezogen. Den Nervenkrieg hielt er nicht aus.

Fritz und ich hatten uns schon des öfteren gefragt, wie er das wohl aushalten würde. Ihre Spielchen hatten wir ja oft genug mitbekommen. Auch wie sie mit dem Geld nur so um sich warf. Wenn ihr ein neuer Hund ins Auge gefallen war, musste sie diesen unbedingt haben, egal was er kostete. Und bekam sie von Karl nicht das Geld wurde sie pampig und drangsalierte ihn solange, bis er schließlich doch nachgab nur um endlich seine Ruhe zu haben. Was alleine die Ausstellungen kosteten, kann sich keiner vorstellen, sie hatte immer mindestens 3 bis 5

Hunde gemeldet. Und Karl war immer fleißig am zahlen. Aber jetzt hatte er endgültig die Nase voll. Alles andere war wohl in 16 Jahren Ehe auch den Bach runtergegangen und er hatte einfach keine Lust mehr.

Für uns wurde das natürlich zum Problem, Marie war total durch den Wind, ständig musste ich mir ihre Tiraden über Karl anhören, dabei musste ich ihm insgeheim ja Recht geben. Was besseres konnte er gar nicht machen als sich von ihr zu trennen. Das hatte er nämlich nicht verdient, nur als Geldmaschine und Lakai für die Hunde benutzt zu werden.

Dann wurde uns noch ein weiteres Problem bewusst, die Welthunde-ausstellung in Portugal im Juni! Hier wollten wir mit dem Wohnmobil hinfahren und Karl hätte den Laden und die restlichen Hunde hüten sollen. Das war natürlich jetzt passé! Aber wie sollten wir das regeln?

Da es mittlerweile immer mehr Differenzen zwischen Karl und Marie gab, hatten wir die Weltsieger schon abgeschrieben. Marie kam dann auf die glorreiche Idee, Antonia (also ich) fährt mit dem Auto und nimmt Mike (Pflegekind ihrer Mutter) zur Unterstützung mit. Aber hier ging Fritz in die Ketten, dass Auto, einen Kombi hatten wir noch nicht lange und der Spritverbrauch war für so eine Strecke viel zu hoch. Außerdem wäre ich Tage unterwegs gewesen mit einem Auto voller Hunde und einem halbwüchsigen Jungen!

Dann kam Marie auf die Idee, wir könnten ja Fliegen. Ich und fliegen? Nie! Bin höchstens mal die Treppe rauf oder runter geflogen, aber im Flugzeug? Alleine? Ne!!!!

Kurz gesagt, es war ein Hin und Her, die ganze Angelegenheit wurde furchtbar teuer, aber zum Schluss bin ich mit Marie´s Nichte und 7 Hunden dann doch nach Portugal geflogen. Und wie könnte es auch anders sein, ihre

Hündin Ronja wurde doch tatsächlich Weltsieger!
Aber für die Kosten hatte es sich wirklich nicht gelohnt. Und Marie war nur nicht mitgeflogen, damit Karl nicht behaupten konnte, sie hätte Hanna alleine gelassen, dabei wäre er gerne bereit gewesen, seine Tochter übers Wochenende zu nehmen.

Mittlerweile arbeitete ich nur noch Halbtags, da wir versuchen wollten den Laden jetzt den ganzen Tag zu öffnen. Aber Marie meinte, wir sollten damit noch etwas warten, wegen Karl. Der musste ja jetzt Unterhalt für sie und Hanna zahlen und sollte nicht so billig dabei wegkommen. Also war meine Halbtagsstelle auch für die Katz, die Firma lief immer noch im Konkurs und ein berufliches Weiterkommen war auch nicht in Sicht. Also schaute ich mich nach einem neuen Job um und hatte mir überlegt, wieder zu einer Zeitarbeitsfirma zu gehen. Da kam man in verschiedene Firmen und konnte seine Kenntnisse noch etwas aufstocken.

Nach mehreren Bewerbungen hatte ich dann solch eine Firma in D. gefunden, die Konditionen waren in Ordnung und ich kündigte bei meiner alten Firma. Hier fielen erst mal so einige Leute von einem Schock in den anderen. Meine Personalchefin wollte die Kündigung gar nicht erst annehme und meinte ich hätte einen guten Witz gemacht. Als sie endlich begriffen hatte, dass es kein Witz war verfiel sie in tiefe „Depressionen".

Ich bereitete also meinen Abschied vor und Marie fiel von einer Krise in die andere. Wie könne man nur bei einer Zeitarbeitsfirma anfangen, dort gingen doch nur Leute hin die sonst nicht anderes kriegen würden. Also, manche Sprüche gingen schon unter die Gürtellinie, aber ich ließ mich in meiner Entscheidung nicht beirren. Schließlich musste ich mein Geld selbst verdienen, während sie ja vorher auf Kosten ihres Mannes gelebt hatte und es jetzt ja auch noch tat. Nur jetzt bekam sie genau abgezählten Unterhalt für sich und Hanna. Und selbst für die Höhe hätte ich lange Arbeiten gehen müssen! Selbst über ihre Nichte versuchte sie mir einen Job in der Nähe bei einer anderen Zeitarbeitsfirma zu beschaffen. Aber die Konditionen und das Fortbildungsangebot waren lange nicht so gut wie in D. Und am 1. August 2001 war es dann soweit, ich fing meinen neuen Job an und hatte keinen Auftrag! Das heißt, ich war in Warteschleife und durfte mich zu Hause vergnügen und bekam noch Geld dafür! Ist das vielleicht nichts? Ich hatte also mal viel Zeit für mich und meine Hunde und tauchte auch erst nachmittags im Laden auf. Hätte Marie gewusst, dass ich den ganzen Tag zu Hause bin, hätte sie mit Sicherheit erwartet das ich den ganzen Mittag bei ihr sitze. Ich wollte aber auch mal endlich wieder Zeit für mich haben.

Nach 4 Wochen war die Schonzeit dann vorbei und ich bekam meinen ersten Auftrag bei einem Architekten als Urlaubsvertretung. Aber jetzt begannen die Probleme erst richtig, da ich die Arbeitszeit ja nicht mehr selbst bestimmen konnte, wurde es dann eben auch mal später als 17 Uhr. Also schickte ich Marie eine Nachricht aufs Handy (Telefon war meistens dauerbesetzt wenn sie im Laden war) das es später werden würde. Nachdem das ein paar Tage so gegangen war, fing Marie an rum zu nörgeln, sie könne nicht immer länger bleiben und da ich an einem Tag nicht mal die Bestätigung von ihr bekam, blieb der Laden an dem Nachmittag eben zu! Marie merkte es aber erst, als die Kasse nicht Abends um 19 Uhr bei ihr abgegeben wurde und da war der Bock natürlich fett! Marie hatte nämlich an diesem Tag ihr Handy zu Hause liegen gelassen und meine Nachricht gar nicht gelesen (nach dem Motto – was ich nicht gelesen habe, hab ich auch nicht zur Kenntnis genommen – Marie ging NIE ohne ihr Telefon aus dem Haus).

Wir hatten uns vorher schon mal über eine Aushilfe unterhalten, da Karl ja jetzt nicht mehr zur Verfügung stand und Marie aber trotzdem weiter auf die Ausstellungen wollte. Und die waren eben auch mal Samstags. Ich wollte natürlich auch weiter auf Ausstellung gehen und nicht immer nur im Laden sitzen. Aber Marie erklärte, eine Aushilfe könne der Laden sich nicht leisten. Verstand ich zwar nicht so ganz, wir hatten für den halben Tag einen guten Umsatz, aber trotzdem war nie Geld da. Vielleicht hätte ich hier schon mal eher nachhaken sollen, wo das ganze Geld blieb. Fakt war, es gab keine Aushilfe die vom Laden bezahlt wurde, also musste ich mir was anderes einfallen lassen.

Von einer anderen Freundin „lieh" ich mir ihre Tochter, Katrin. Katrin war 18, ging aber noch zur Schule und hatte vorher auf einer Tankstelle gejobbt. Jetzt war sie auf der Suche nach einem neuen Nebenjob, Tankstelle abends war ihr doch nicht so ganz geheuer. Also engagierte ich Katrin für den Laden, damit sie meine Arbeitszeiten übernimmt und ich etwas mehr Luft bekam. Da ich Katrin ja aus eigener Tasche bezahlte und abends die Kasse selbst abrechnete und bei Marie vorbei brachte, fiel es die ersten Tage auch gar nicht auf, dass statt mir Katrin im Laden saß. Aber eines Nachmittags tauchte Marie im Laden auf und sah Katrin da sitzen, die genauso geschockt war wie Marie (warum auch immer). Ich befand mich gerade auf dem Heimweg als mich der Anruf von Marie erreichte. Das wäre eine Unverschämtheit, ihr nichts zu sagen und was das überhaupt solle, usw. Ich wusste erst gar nicht was sie überhaupt will, sie hatte doch gesagt, der Laden könne sich keine Aushilfe leisten und Katrin bezahlte ich doch aus eigener Tasche. Marie informierte mich ja auch nicht wenn sie ihre Mutter oder ihre Schwester in den Laden setzte, was schon oft genug vorgekommen war. Hier hatte ich ja auch nichts gesagt, dass jemand „Fremdes" an der Kasse oder am Computer war, was wollte sie eigentlich? Da die Verbindung äußerst schlecht war, schrie ich ins Telefon, sie solle einen Moment warten gleich würde es besser werden, aber Marie schrie nur ihrerseits was ins Telefon und legt wie schon bekannt, den Hörer auf!

Als ich dann endlich im Laden ankam, war natürlich die Hölle los. Egal welches Argument ich auch brachte – sie schrie nur rum.

Da hatte ich endgültig die Nase voll und sagte ihr, dass Ende des Jahres Schluss ist! Ich würde zum 31. Dezember aussteigen und fertig. Das Gesicht wurde blass, dann wieder rot und schon ging das Geschrei von vorne los. So einfach ging das nicht und überhaupt – ich könne nicht einfach aussteigen.

Aber da hatte sie sich getäuscht, zwischenzeitlich hatte ich mich nämlich erkundigt. Da ich meine Kündigung damals weder mündlich noch schriftlich zurückgenommen hatte, war diese noch gültig und der Zeitpunkt jetzt für ein Ende erreicht.

Die Fronten waren mittlerweile so verhärtet, dass es gar keinen anderen Weg eigentlich mehr gab. Und besser ein Ende mit Schrecken, als ein Schrecken ohne Ende.

Katrin, die ja immer noch im Laden saß und die ganze Story mitbekommen hatte, schüttelte nur noch den Kopf. Als wir uns später dann noch unterhielten, nachdem Marie gegangen war, meinte sie nur, dass könne doch alles nicht wahr sein und wie ich das nur die ganze Zeit ausgehalten hätte.

Das hatte ich mich auch schon gefragt! So gingen also die nächsten Wochen mit abwechselnden Aufträgen ins Land. Im Dezember erwischte mich dann zum Wochenende hin ein Virus (dachte ich), mir war schlecht, ich fühlte mich krank und elend.

Gudrun klagte ich mein Leid am Telefon, prompt ging es los mit – Du wirst schwanger sein, ha, ha.

Guter Witz – waren doch meine Hormonwerte seit Jahren im Keller und die Chancen auf Nachwuchs gleich Null und daher von mir und Fritz schon seit einiger Zeit abgehakt.

Am Wochenende musste ich mir dann von Wolfgang auch noch so blöde Sprüche anhören, die alle in die selbe Richtung gingen.

Das Wochenende verlief dann auch dementsprechend und nachdem selbst 3 (!) Kräuterlikörchen dem Bazillus nichts anhaben konnten, machte ich mich am Montag auf den Weg in die Apotheke.

Da ich in M. sowieso auf die Bank musst, um Geld aufs Firmenkonto der Naghütte einzuzahlen und neben an gleich die Apotheke war, machte ich einen Abstecher hinein.

Jetzt würde das blöde Rumgesülze von Gudrun und Wolfgang ja dann wohl aufhören, wenn ich einen negativen Test vorlegen konnte.

Da ich ja nur bis Mittags arbeitete, war Fritz natürlich noch unterwegs und ich hatte alle Zeit der Welt. Endlich machte ich mich an den Test und freute mich schon auf die „enttäuschten" Gesichter von den beiden.
Einige Minuten später – SCHOCK! Das konnte doch nicht wahr sein – der Test war positiv!!!
Sofort lief ich zum Telefon um Gudrun anzurufen – Mittagspause – nicht da!
Etwas plan- und fassungslos lief ich in der Wohnung auf und ab. Das konnte doch jetzt alles nicht wahr sein.
Nachdem ich dann beim Frauenarzt einen Termin ausgemacht hatte, behielt ich die Sache trotzdem noch für mich. Erst mal abwarten, bestimmt ist der Test verkehrt.
Marie würde ausflippen, wenn sie das erfahren würde. Wahrscheinlich dürfte

ich bis zum Geburtstermin noch in der Naghütte sitzen.

Ach halt, für mich war ja Ende des Jahres Schluss. Das heißt, sie brauchte es überhaupt nicht vorher zu erfahren. Als Freundin hätte ich es ihr natürlich gleich erzählt, genau wie Gudrun auch. Aber wir waren ja keine Freundinnen mehr, sondern mittlerweile Gegnerinnen.

Das Ende der Naghütte

So, der letzte Tag (31.12.2001) in der Naghütte ist für mich gekommen. Es steht die Inventur an und ich hab mir Wolfgang mitgenommen, damit ich für alle Eventualitäten einen Zeugen dabei habe.

Aber als wir in der Naghütte ankommen, ist von Marie weit und breit keine Spur zu sehen.

Also gehen wir rein und denken, wir können ja schon mal mit der Arbeit anfangen.

Pustekuchen – Marie war schon da gewesen! Und hat die Inventur alleine gemacht! Ohne mich – was soll das? Sie hält sich an keine Absprachen, macht einfach was sie will. So geht das jetzt auch nicht.

Und dann noch auf dem Schreibtisch ein Zettel – sie hätte die Inventur schon gemacht, es wäre alles in Ordnung, ich bräuchte nicht nachzählen. Hallo!? Was soll das denn? Natürlich zähle ich nach, schließlich geht es hier ja auch um mein Geld.

Ich bin stocksauer und nachdem Wolfgang und ich die Inventurliste nachgeprüft haben (hat natürlich nicht alles gestimmt!), ziehe ich mir ein Kopie und verschwinde aus der Naghütte. Hätte ich mal vorher den ungefähren Wert geschätzt und mir schon mal einen Anteil mitgenommen – ich werde davon nachher nichts wiedersehen! Dazu aber später mehr.

Januar – endlich frei! Ich habe endlich die Nachmittage wieder für mich und kann frei und alleine darüber entscheiden, wohin ich gehe und was ich tue! Das ist ein herrliches Gefühl, wer es vermisst hat, weis es zu schätzen.

Ich kann wieder über mein Leben selbst bestimmen, zwar nicht mehr lange, aber doch noch die nächsten paar Monate auf jeden Fall.

Weil – der Test war ja positiv und der Gang zum Arzt auch sehr aufschlussreich – ich bin tatsächlich schwanger.

Nachdem Fritz den ersten Schock verdaut hat, herrscht natürlich große Freude. Wolfgang ist zwar ein bisschen sauer, er hat es zu letzt erfahren. Aber er hat sich auch gleich wieder eingekriegt – darf er doch Taufpate sein und weil Gudrun auch so rumgesülzt hat, sie auch noch gleich dazu.

Allerdings muss ich mich vorher doch noch immer wieder mit Problem rund um die Naghütte kümmern. Marie hat natürlich nicht die Absicht, mir mein Einstiegsgeld oder gar von dem bisher erwirtschafteten Geld (sprich Ware) auch nur den kleinsten Cent (mittlerweile haben wir ja von DM auf Euro gewechselt) abzugeben.

Daher bleibt nur der Weg zum Anwalt, hier die Fakten auf den Tisch und wir eröffnen den nächsten Tanz.

Da wir ja mittlerweile nicht mehr miteinander sprechen, mailen oder sonst irgendeine Kommunikation haben, klären das jetzt halt die Anwälte.

Ihrer Meinung nach habe ich nichts zu bekommen, wer aussteigt hat Pech gehabt.

So geht es aber auch nicht und mein Anwalt sieht das genau so.

Also gehen ein paar böse Brief hin und her, die ganze Sache zieht sich über mehrere Monate.

Ich darf Aufstellungen, Auswertungen über sämtlich Einkäufe, Verkäufe etc. machen. Und es nimmt einfach kein Ende, ich hab mehr zu tun als vorher!

Und das alles nur wegen Marie – selbst jetzt gibt sie noch keine Ruhe.

Da sie ja auch mit Gudrun befreundet ist, sitzt diese natürlich zwischen den Stühlen.

Der Kontakt zu mir ist auf einer ganz anderen Basis als der zu Marie.

Dadurch das ich im Moment auch nicht auf die Ausstellungen fahre, hat Marie natürlich leichtes Spiel und kann so dies und das verbreiten.

Natürlich ist es auch schon anderen aufgefallen, dass wir nicht mehr zusammen kommen. Über Gudrun bleibe ich wenigstens in Sachen Ausstellungen auf dem Laufenden.

Da wir mittlerweile umgezogen sind – Haus mit Garten für Kind und Hunde – ist der Weg zum Anwalt wenigsten nicht so weit.

Nachdem ich die Unterlagen ja immer wieder für die Anwälte und das Gericht aufarbeiten musste, kommt mir so langsam aber sicher immer mehr die Galle hoch! Hat Marie doch tatsächlich im letzten halben Jahr vor meinem Ausscheiden aus der Naghütte, Waren im Wert von (damals) über 10.000 DM gekauft. Ich fass es einfach nicht! Nur damit ja kein Geld auf dem Konto mehr ist und sie was rausrücken muss. Und damit noch nicht genug – Sie hat auch noch mehr Geld ausgegeben, als wir eigentlich haben. Immer wieder sind auf den Kontoauszügen (die Unterlagen musste sie ja alle bei Gericht abgeben, damit ich sie dort abholen kann!) Rechnungen von Lieferanten zurückgegangen, da nicht genügend Geld drauf war! Ich bin so sauer!!! Aber letztendlich kann ich nachweisen, dass genügend Ware im Laden war und der Wert ebendieser bei weitem unsere jeweilige Einlage übersteigt. Daher steht mir auf jeden Fall meine erste Einlage (1.500 DM) zu, plus eigentlich ja noch die Hälfte vom Überschuss bzw. der vorhanden Ware. Das ist aber natürlich gar nicht im Interesse von Marie, da sie ja den Laden seit Anfang 2002 jetzt alleine macht. Würde sie endlich in die Gänge kommen und den Laden auch Morgens öffnen, könnte sie ihren Lebensunterhalt durchaus mit den Einnahmen bestreiten. Aber da müsste man ja was arbeiten und das war natürlich noch nie wirklich ihre Stärke.

So langsam hat sich mein Leben nach dem Laden und der „Affäre" mit Marie Rauch wieder normalisiert. Ich fühle mich von Tag zu Tag besser, meine Schwangerschaft verläuft relativ ruhig und Marie weis offiziell immer noch nichts davon.
Und das ist auch gut so, wenn ich nur daran denke, dass ich nach wie vor jeden Tag Stunden im Büro und anschließend bis spät Abends noch im Laden verbringen müsste, wird mir schlecht.
Nur weil sie in ihrer Schwangerschaft bis zum letzten Tag sogar noch alleine auf die Ausstellungen gefahren ist, muss ich das ja nicht auch machen.

Die Naghütte ist also Geschichte für mich, für Marie dann Ende Juli – sie gibt die Naghütte auf! Allerdings habe ich immer noch nichts von meinem Geld gesehen und sie ist auch nicht bereit nachzugeben – im Gegenteil! Wir streiten immer noch über die Anwälte und bald wird auch der Gerichtstermin sein. Es zehrt schon ganz schön an den Nerven, Gudrun ist der Meinung, ich soll es doch jetzt gut sein lassen. Ich denk gar nicht dran, warum soll ich jetzt wieder nachgeben?

Ende Juli 2002 kommt dann mit einigen Komplikationen mein Sohn Marco auf die Welt. Es folgt eine etwas schwierige Zeit mit dem Kind, aber auch das kriegen wir geregelt. Zu Terminen mit dem Anwalt, schleppe ich Marco in seiner Babytrage mit. Gott sei Dank, versteht er ja noch nicht worum es geht.

Scheiden tut selten gut ....

Wir sind geschieden – hurra! Endlich habe ich auch noch den letzten Termin, nämlich vor Gericht hinter mich gebracht. Ergebnis: Ich habe (zumindest für meine Begriffe) gewonnen – Marie muss tatsächlich nach sämtlichen Hin- und Her-Rechnereien noch 600,- Euro an mich zahlen! Das Gericht hatte mir tatsächlich Recht gegeben, auch wenn es letztendlich auf einen Vergleich hinaus lief. Rein rechnerisch hätten mir mehr als 3.000,- Euro zugestanden! Aber sie muss zahlen!
Damit ist die Sache zwischen Marie Rauch und Antonia Schall (mir) endlich zu Ende.
Karl Rauch, ihrem Noch-Mann, steht dieser Schritt zwar noch bevor, aber er hat mich in dieser Zeit tatkräftig unterstützt. Karl hat ja schon seit einiger Zeit eine eigene kleine Wohnung und mittlerweile auch eine neue Frau an seiner Seite – Anja Rabe.

Anja ist eine Kollegin aus seiner Firma und sie kennen sich wohl schon eine ganze Weile. Marie hat das aber ganz anders gesehen und ist der Meinung, dass Anja der Trennungsgrund wäre. Wie immer, sucht sie die Fehler nur bei anderen, nie bei sich selbst. Wenn man aber seinem Mann vor den Koffer knallt: „Ist mir egal, ob Du eine Freundin hast oder nicht, Hauptsache Du bleibst hier, machst die Arbeit und lässt das Geld da ...", dann braucht man sich natürlich nicht zu wundern. Den Nervenkrieg, den Marie mit mir gemacht hat, führt sie jetzt mit Karl fort. Allein das Besuchsrecht, bzw. das Abstimmen der Termine wegen der gemeinsamen Tochter Hanna, ist schon ein Drama. Ihre Mutter, die ja auch noch mit im Haus wohnt (das Karl ja bis dahin alleine finanziert hatte und sie nur Wohnrecht genoss) und Marie lassen keine Gelegenheit aus, um Karl seiner Tochter gegenüber schlecht zu machen.

Das arme Kind ist mittlerweile so verwirrt, dass es aus lauter Angst vor der Mutter und der Oma, schon nichts mehr mit seinem Vater zu tun haben will. Dabei war es doch gerade Karl, der sich die ersten Jahre viel um Hanna gekümmert hatte. Marie war ja ständig mit mir an den Wochenenden unterwegs und unter der Woche war sie auch nicht immer zu Hause.

Mein Mann Fritz und ich haben immer noch Kontakt zu Karl, hatte er mir doch während meines „Scheidungskrieges" mit Marie, hilfreich und mit einigen Unterlagen (die bewiesen, dass nicht alles „Sie" bezahlt hat) zur Seite gestanden.

Er kann einem wirklich schon leid tun, aber Anja unterstützt ihn nach besten Kräften. Auch Karl wird diese Angelegenheit irgendwann hinter sich gebracht haben – wie lange das dauern wird, konnte damals allerdings noch keiner ahnen.

Das offizielle Ende der Beziehung von Marie und Karl steht nämlich so langsam an und Marie hat es wirklich meisterlich verstanden, Karl nur jeden erdenklichen Knüppel zwischen die Füße zu werfen.

Kontakt zu seiner Tochter Hanna hat er schon lange nicht mehr, dafür haben Marie und Veronika Kaufmann (seine Schwiegermutter) schon gesorgt. Mittlerweile musste Marie sich ja einen Job besorgen, da Karl es ebenfalls verstand, ihr die Sache nicht ganz so einfach zu machen. Jetzt jobbt sie für eine Burger-Kette – was für ein Aufstieg – von der erfolgreichen Hundezüchterin und Ladenbesitzerin zur Burger-verkäuferin!

Irgendwie dachte ich immer, dass ginge andersrum – hab mich wohl getäuscht. Umgekehrt wird eben auch ein Schuh draus.

Bis auch bei Karl endlich die Trennung von Marie durch ist, vergeht doch noch einige Zeit, in der es auch immer wieder zu heftigen Auseinander-setzungen und vor allem aber zum

Aufdecken neuer „Schandtaten" von Marie kommt.

So unterschlägt sie ihm, was sie wirklich verdient bzw. dass sie jetzt einen Ganztagsjob statt Teilzeit hat und natürlich auch dementsprechend mehr verdient. Folglich müsste er ja weniger Unterhalt für sie zahlen, aber um ihr „Einkommen" nicht zu schmälern, fällt diese Tatsache dann eben unter den Tisch. Auch die Züchterei musste sie drastisch reduzieren, da ja auch hier Einnahmen sind, die wiederum angerechnet werden könnten. Und natürlich meldet Marie ihrem Nochmann nicht jeden Wurf und die Einnahmen daraus. Allerdings ist Karl ja auch nicht blöd und weis durchaus wie er an die Daten kommt und das auch noch ganz legal.

Als eigenständiges Mitglied im Dackelklub kann er sich nämlich das jährlich erscheinende Stammbuch, in dem alle Würfe des vergangenen Jahres eingetragen sind, bestellen.

Somit hat er die Wurfstatistik dann im wahrsten Sinn des Wortes – schwarz auf weiß!

Natürlich gibt es dann noch so die ein oder andere Möglichkeit, Welpen nicht unter dem eigenen Namen großzuziehen, sondern die Hündin für den ein oder anderen Wurf mal zu verleihen oder, oder, oder ...

Auch das gemeinsame Haus in Frankreich (wir erinnern uns - im Sommer 6 – 10 Wochen Ferien) kommt natürlich unter den Hammer.

Ein Käufer ist wohl relativ schnell gefunden, aber es sind natürlich noch Möbel, Kleidung und andere private Sachen im Haus die raus müssen.

In einer Nacht und Nebel Aktion fährt Marie mit ihrer Mutter Veronika Kaufmann und einem Freund ihrer Nichte nach Frankreich, um das Haus zu „räumen"!

Bis Karl davon überhaupt etwas mitbekommt, sind die Sachen weg und er hat das nachsehen.

Auch im Haus in M, in dem Marie ja nach wie vor noch wohnt und gar nicht daran denkt auszuziehen, verschwinden wohl so nach und nach einige Möbel und andere Utensilien. Durch einen Hinweis aus der Familie, muss Karl dann feststellen, dass so einiges aus seinem „ehemaligen" Haushalt von Marie bei einem Internetkaufhaus versteigert wird. Von dem Geld sieht er natürlich nichts – allerdings war er ja auch wirklich sehr gemein zu Marie! Hat er doch tatsächlich ihr geliebtes Golf-Cabrio (das er geleast und natürlich auch bezahlt hat) vom Händler abholen lassen! Und da Karl einen Firmenwagen hat, seinen privaten Jeep mitgenommen und das Wohnmobil auch an den Händler zurück gegangen ist, steht Marie jetzt ohne Auto da und wäre ohne Mama Veronika ausgeschmissen.

Jetzt bleibt ihr also nichts anderes übrig, als sich schleunigst nach einem geeigneten fahrbaren Untersatz umzuschauen. Unsereins würde sich jetzt vielleicht nach einem gut gebrauchten umschauen, da ja die „Einnahmequelle" Mann und damit regelmäßiges Einkommen erst mal weggefallen ist. Aber doch nicht Marie – Veronika wird von ihrer Tochter so lange bekniet, bis sie ihr das Geld für die Anzahlung eines Neuwagens gibt – und dann besitzt sie auch noch die Frechheit und least das Fahrzeug auf die Naghütte! Erst nachdem die Papiere dafür unterschrieben sind, erfahre ich überhaupt was davon. Man sieht – Alleingänge sind nach wie vor an der Tagesordnung.

Aber solche Aktionen ziehen sich ja wie ein roter Faden durch sämtliche Beziehungen, egal mit wem auch immer.

Ein Freund, ein guter Freund

Wozu hat man denn schließlich Freunde? Das fragt man sich bei so manchen „Freundschaften" dann doch irgendwann mal.
Es gibt Freunde, die sind immer für einen da, haben immer einen Ratschlag oder ein Bett für dich. Flasche Sekt steht kalt, für ganz schwere Fälle und wenn alles andere versagt –
Shoppingtour mit Freundin geht immer. Bei Männern ist es eben dann das Bier und der Fußballabend oder gleich die Kneiptour.
Aber dafür sind Freunde eigentlich da, wenn die Freundschaft natürlich immer sehr einseitig ist bzw. die Sache dann so aus dem Ruder läuft, dass der andere sich eigentlich schon nicht mehr traut, auch mal was gegen die Meinung des anderen zu sagen, weil's Ärger gibt – dann ist das keine Freundschaft mehr, sondern doof!
Wie schon erwähnt, ist Gudrun Fuß ja eine gemeinsame Freundin aus

vergangener Zeit (wie so einige andere auch noch), aber durch Gudrun bin ich ja immer noch auf dem Laufenden, was Ausstellungen angeht. Über unsere „gemeinsame" Freundin verrät sie mir nicht allzu viel, da es mich auch nicht wirklich interessiert, was sie so treibt. Ich will nur wissen wenn sie, wieder mal, Unwahrheiten verbreitet.
Aber Gudrun hält tapfer durch und verteidigt Marie teilweise auch noch. Mittlerweile musste Marie ja aus dem Haus in M. ausziehen und hat sich jetzt ein paar Kilometer weiter ein Haus gemietet. Die Dackel vom Frenzenhof (und das waren nicht gerade wenige) sind also umgezogen, Hanna und Mutter Veronika hat sie natürlich auch mitgenommen.

Gudrun und ihr Mann haben dabei wohl tatkräftig mitgeholfen und sie unterstützt. Auch von anderer Seite kam wohl Hilfe, aber so war es schon immer.

Gudrun erzählt mir ja nicht alles, aber immer wieder muss ich mir anhören, dass Marie sich geändert hätte und das sie jetzt alles im Griff hat. Kann ich gar nicht glauben und das was ich auch von anderer Seite zu hören bekomme, bestätigt mich darin – Marie wird sich nicht ändern!

Mehr als 5 Jahre hab ich das miterlebt – dass Marie Freundschaften wie einen Ping-Pong-Ball behandelt – mal sind wir Freund – dann wieder nicht – dann wieder doch.

Mal hatte sie Stress mit ihrer langjährigen Freundin Conny aus dem Taunus, vor allem, nachdem diese nicht bereit war, wegen des Umzugs einige der Hunde zu übernehmen.

Oder sie überwarf sich mit Jule und Ulf, weil die sich mittlerweile mit Conny und noch einer anderen Dackelzüchterin aus Frankreich angefreundet hatten. Diese wurden dann von ihr zur „Persona non Grata" erklärt – da durfte man nicht mal Guten Tag sagen – dann war Stress hoch 3 vorprogrammiert.

Gudrun konnte das immer nicht verstehen und vor allem glauben, wenn ich ihr so manche Story aus meinem „Leben" mit Marie erzählte.

„Die hat sich geändert" „Diese ganze Angelegenheit kann einen Menschen schon ändern" - ich hab es nicht glauben wollen – ich hab Recht behalten.

Nach ca. 5 Jahren „getrennter" Freundschaft von mir, sah Marie sich nicht mehr in der Lage, die Freundschaft mit Gudrun aufrechtzuerhalten. Sie könne und wolle dieses „Dreiecksverhältnis" nicht mehr, dabei ging es eigentlich nur darum, dass Gudrun sich mit mir und Wolfgang auf einer Ausstellung bei ihr in der Nähe (ca. 100 km) getroffen hatte. Marie erfuhr natürlich, dass Gudrun dahin gefahren war und es vorher aber abgelehnt hatte, auf eine Ausstellung 200 km weiter zu fahren, um sich mit ihr zu treffen.

Jetzt war ja alles zu spät! Trifft Gudrun sich doch tatsächlich mit mir und nicht mit ihr – das war wohl die größte Frechheit überhaupt. Das konnte Marie natürlich nicht auf sich sitzen lassen. Es folgte dann ein bitterböser Emailverkehr zwischen den beiden, der allerdings nach einigen Wochen auch beendet war. Gudrun hatte einfach keine Lust, diesen Unsinn weiter fortzuführen. Dafür ist sie viel zu gelassen und erwachsen, als das sie sich auf solche Spielchen weiter einlassen würde.

So hatte Marie auch hier wieder eine lange Freundschaft wegen „Nichts" beendet und es war ja nicht die einzigste gewesen.

Und so könnte man noch mehr Beispiele anführen, wie Marie mit ihrem Dickkopf, wegen Nichtigkeiten oder in einem anderen Fall wegen einem Bild, langjährige Freundschaften beendete.

Da ich dann nach 3 Jahren „Babypause" wieder auf den Ausstellungen auftauchte und zwar

ohne Marie, bekam natürlich so manch einer große Augen.
Stellte ich doch auf einmal wieder einen Hund vor, zwar nicht so regelmäßig wie früher, aber doch immer wieder.
Wenn wir uns dann über den Weg liefen, ignorierten wir uns vollkommen. Natürlich ging dann die Fragerei los, warum wir uns nichts mehr zu sagen hätten. Hätte ich damals schon gewusst, wie gemein Marie im Nachhinein gewesen war und was sie alles vorhatte bzw. auch anderen gegenüber geäußert hatte, wäre ich wahrscheinlich nicht so ruhig geblieben und hätte ausweichende Antworten gegeben.

Wenn man später dann erfährt, dass die ehemals „gute" Freundin einem die „Pest" an den Hals gewünscht hat, die Reifen vom Auto zerstechen lassen wollte und einen als das „Allerletzte" beschimpft hat, ist man doch etwas schockiert.

Dabei fühlte sich keine ihrer „ehemaligen" Freundinnen eigentlich für die Trennung verantwortlich oder einer Schuld bewusst. Egal mit wem man sprach, es kam immer wieder auf das selbe hinaus – Marie hatte versucht, sämtliche Leute zu beeinflussen und nach ihren Vorstellungen zurechtzubiegen und zu formen. Und wenn ihr das nicht gelang, bzw. derjenige dann „aufmüpfig" wurde – Ende der Freundschaft bzw. bei Karl dann Ende der Ehe!

Nachdem ich dann so langsam im Ausstellungswesen wieder Fuß gefasst hatte, wurden mir natürlich immer mehr solcher Storys zugetragen.

Manches Mal hätte ich wirklich gerne auf diese Informationen verzichtet, da es einen wirklich runterziehen kann.

Aber die weitere Entwicklung aus der Nähe betrachten zu können, war

natürlich schon sehr interessant und
aufschlussreich.

Wie angelt man sich neue Freunde?

Nachdem Marie die Freundschaften
aus vergangenen Jahren ja
weitestgehend beendet hatte, mussten
nun „neue" Freunde her.
Und die findet man dann eben auch
mal unter seinen neuen
Welpenkäufern, derer es ja mittlerweile
zahlreiche wieder gab. Nachdem die
Scheidung von Karl durch war, konnte
wieder auf Teufel komm raus gezüchtet
werden und das tat sie ja auch in
vollem Maße.
Daher konnte sie im Jahr auch auf eine
stattliche Zahl von Welpenkäufern
blicken, wo sich so manch einer gerne
mal auf eine Ausstellung mitnehmen
ließ. Aber auch diese Aktionen waren
nicht unbedingt von Erfolg gekrönt bzw.
meist nur von kurzer Dauer.
Etwas vielversprechender fiel da
allerdings der Kontakt zu einer

Hundebesitzerin aus, die bereits mehrere Dackel besaß und auch bereits auf Ausstellungen schon recht erfolgreich gelaufen war. Frau Grein holte sich also bei Marie ihren nächsten Ausstellungshund und war seit der Zeit mit ihr ein Herz und eine Seele.

Pech für Marie, dass besagte Dame zu dieser Zeit aber auch schon eine langjährige Bekannte hatte, die ebenfalls mit ihr auf die Ausstellungen ging und auch ihre Hunde vorstellte. Frau Appel fand diese Einmischung von Marie natürlich nicht so gut und zerstritt sich nun ihrerseits mit Frau Grein.

Es kam aber wie es kommen musste – Frau Grein ließ sich auf Dauer die ständigen Einmischungen und Vorschriften von Marie natürlich auch nicht gefallen und das war wieder mal das Ende der nächsten Freundschaft.

Und so entwickelte sich so langsam aber sicher ein „Anti-Rauch-Club", der im Laufe der Zeit immer mehr Anhänger fand.

Auch die Hunde, die früher so zahlreich auf den Ausstellungen vertreten waren, haben rapide abgenommen. Heute ist kaum noch ein Dackel „vom Frenzenhof" unterwegs, kaum einer der anderen Züchter hat überhaupt noch einen ihrer Hunde in der Zucht und wenn sie mal wieder einen vorstellt, dann sind diese nicht unbedingt auf den ersten Plätzen zu sehen.

Da bekommt natürlich die damalige Aussage von Karl schon eine andere Gewichtung: „Ich hab früher immer die Hunde ausgesucht, mal sehen, wie es jetzt weitergeht!"

Jetzt züchtet Marie ja wie eine Wilde Standard- und Zwergdackel, schickt zu vielen Veranstaltungen ihre Tochter Hanna und ist mit einem Mann (der ebenfalls Zwergdackel züchtet und wohl einen großen Bauernhof besitzt – wie praktisch!) liiert.

Aber ganz ehrlich – dass interessiert mich alles nicht mehr, ich habe meine Lehre daraus gezogen!

Da es die Naghütte ja nicht mehr gab, ich sie wegen Marco zu dieser Zeit auch nicht übernehmen konnte, ließ ich mir was anderes einfallen.

Ich eröffnete im selben Jahr meinen eigenen Online-Shop für Kauartikel und Zubehör und dieser lief von Anfang an besser.

Nachdem wir 2 Jahre später gebaut hatten und endlich umgezogen waren, eröffnete ich erneut ein eigenes Ladengeschäft bei mir im Haus. Freie Zeiteinteilung für die Kinderbetreuung war gegeben, an den Wochenenden waren wir nicht nur mit den Hunden sondern auch mit einem mobilen Stand mal bei dieser oder jener Dackelausstellung präsent.

Zur Seite stand mir dann Wolfgang Reck, mit Rat für neue Artikel auch hin und wieder Gudrun Fuß und mein Mann Fritz kümmerte sich in der Zeit

um unseren Sohn und die daheimgebliebenen Hunde.
Und so hat jede Geschichte ihr „eigenes" Ende .... (oder auch nicht)

Natürlich ist die Geschichte hier noch nicht wirklich für Marie zu Ende – aber für mich und meinen Mann Fritz, ihren Exmann Karl, Gudrun Fuß und noch so einige andere ist dieses Kapitel unseres Lebens abgeschlossen und wird es hoffentlich auch immer bleiben!

Bleibt eigentlich nur noch zu hoffen, dass es nicht mehr allzu viele „Marie-Geschädigte" in Zukunft geben wird.

Und vielleicht, aber auch nur vielleicht lernt auch Marie irgendwann mal aus dieser ganzen Geschichte.
Im Moment sieht es zwar noch nicht so aus, da sie in jüngster Zeit schon wieder ein „neues" Opfer gefunden hat.
Aber man soll die Hoffnung ja nie aufgeben!

Deshalb war der Dackel schuld!

Nein, natürlich hat unsere Cindy nicht
die geringste Schuld an diesem
„Chaos"!
Es können ja auch genauso gut die
Knochen, die Ausstellungen oder
einfach auch nur die ganze
Kombination gewesen sein.

Cindy hat uns vor einigen Jahren
bereits über die Regenbogenbrücke
verlassen. Genauso unauffällig und
ruhig wie Sie gelebt hat, ist sie dann
auch von uns gegangen.

Zum Andenken an unsere „Mini"
Wir werden Dich nie vergessen!

Bedanken möchte ich mich bei meinem Mann, der trotz aller „Marie-Attacken" mir tapfer zur Seite stand.

Danke auch an Gudrun, Conny, Karl, Wolfgang, Jule und Ulf, sowie an alle anderen, die mich in all diesen Jahren begleitet und unterstützt haben.